KB153848

인항문단 시화집

그날이 오면

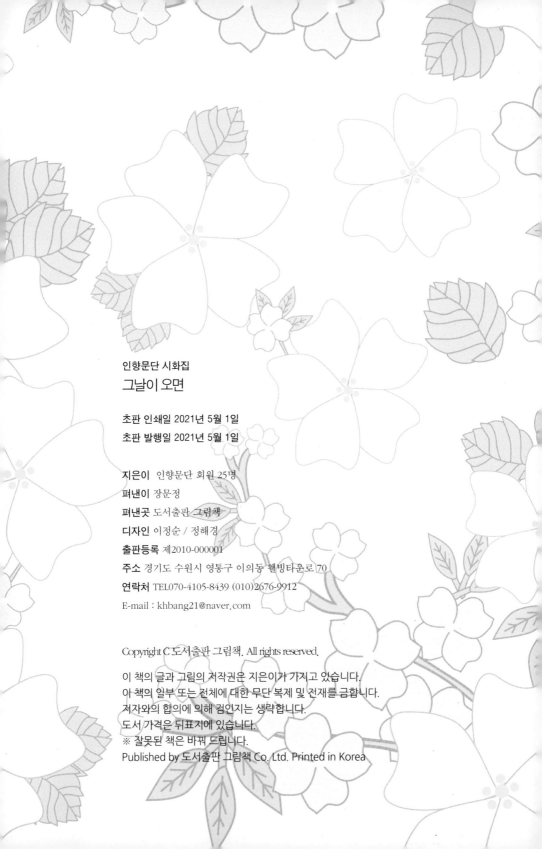

인향문단 시화집

그날이 오면

초판 인쇄일 2021년 5월 1일
초판 발행일 2021년 5월 1일

지은이 인향문단 회원 25명
펴낸이 장문정
펴낸곳 도서출판 그림책
디자인 이정순 / 정해경
출판등록 제2010-000001
주소 경기도 수원시 영통구 이의동 웰빙타운로 70
연락처 TEL070-4105-8439 (010)2676-9912
E-mail : khbang21@naver.com

인향문단 시화집

그날이 오면

인향문단 회원 25명

문학의 꽃이 피다

봄이다, 설렌다.
봄이 사람의 마음을 부풀게 하는 연유는 어울림이다.
이름을 불러지는 꽃,
이름조차 모르는 꽃들이 어울렁더울렁 봄을 피운다.
이쯤, 꽃망울처럼 앙다문 언어와 활짝 문을 연 마음을
일렁이는 봄 숲이 바람을 키우는 시어를 모으고 엮는다.

이는 봄을 즐기듯이 많은 님들이 어깨를 나누어
한 권의 책이 봄 햇살을 닮기를 간절하게 바라며
언어를 다듬고 가꾸었기에 가능한 것이다.

그리하여 봄에 돋아나는 속살처럼
하얀 종이에 한땀한땀 수를 놓듯
새겨서 세상을 떠나보낸다.

보는 사람들의 마음은 봄처럼 따듯하기를 바란다.
지천이 봄이다. 세상에 풍만하게 꽃이다.
그리고 우리들 마음에도 문학의 꽃이 피다.

인향문단 편집장 방훈

인향문단 편집장인 방훈 작가는 1965년 경기도에서 출생하였습니다. 대학에
서는 국문학을 전공하였으며 2000년 초반 시인학교에 시를 게재하여 시인학교
추천시가 되면서 본격적인 시창작활동을 하였습니다. 그 이후에 개인시집과 여
러 동인시집을 같이 발간하였습니다.

온도차

박효신

날이 차가워 손발이 시린 건
견딜 수 있다

네가 차가워 가슴이 시린 건
얼마나 더 견뎌야
따스함이 채워질까

나는 차가움이 싫다
네가 싫다

아니다
그저 싫어해야 한다는
그 사실이 싫다
금방 지나가겠지

곧 따스함이 찾아오겠지
가슴을 다독이며 기다려본다

박효신 시인

박효신 시인은 충청남도 아산에 거주하고 있습니다. 인향문단에 시를 발표하며 등
단하였습니다. 왕성한 시작활동을 통하여 첫 창작시집인 "나의 세상"과 두번째 시
집 "내 눈에 네가 들어와"를 발간했습니다.

넌 할 수 있어

김광운

넌 할 수 있어 힘들지만
언제나 이겨냈잖아
어두운 밤 지나
태양이 눈 뜰 때
넌 다시 태어날 거야
두 팔이 허공을 가로질러
온몸이 바람과 키스하면
이대로 날아 올라
편안히 날아 올라
새처럼 날아 올라

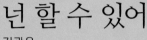

김광운 시인

1951년생이며 문학촌 들풀문학 발행인입니다. 한국방송대 국문과를 졸업하였으며 서울예대 문예창작을 전공하였습니다. 대진대학교에 출강하고 있으며 대통령표창상, 문체부장관상 2회를 수상하였습니다. 현재 (사)한국직능단체총연합회 감사와 전국검정고시 총동문회 수석부회장과 (사)한국문화예술진흥원장을 역임하고 있습니다.

자유를 향해 날아 올라
항상 세상 모든 것이
너에게 두려운
현실이라 생각돼?
그럴 땐 하늘을 느껴봐
넌 할 수 있어
힘들지만 언제나 이겨냈잖아
어두운 밤 지나
태양이 눈 뜰 때
넌 다시 태어날 거야
항상 세상 모든 것이
너에게 두려운
현실이라 생각돼?
그럴 땐 하늘을 느껴봐
넌 할 수 있어 힘들지만
언제나 이겨냈잖아
내일이 있어 두려워 마
넌 다시 일어날 거야

- 김광운 작사 · 김혁건 작곡·노래

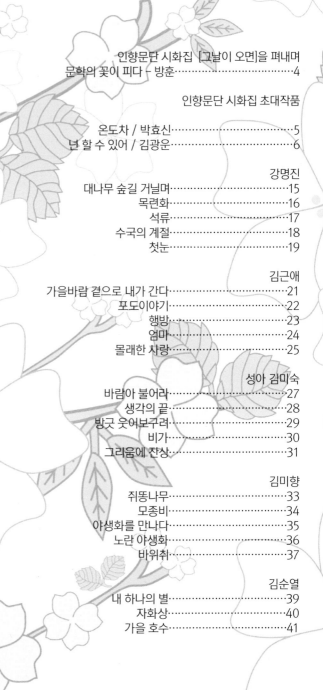

인향문단 시화집 - 그날이 오면

CONTENTS

인향문단 시화집 [그날이 오면]을 펴내며
문학의 꽃이 피다 – 방훈·······························4

인향문단 시화집 초대작품

온도차 / 박효신·······························5
넌 할 수 있어 / 김광운·······························6

강명진

대나무 숲길 거닐며·······························15
목련화·······························16
석류·······························17
수국의 계절·······························18
첫눈·······························19

김근애

가을바람 곁으로 내가 간다·······························21
포도이야기·······························22
행방·······························23
엄마·······························24
몰래한 사랑·······························25

성아 김미숙

바람아 불어라·······························27
생각의 끝·······························28
방긋 웃어보구려·······························29
비가·······························30
그리움에 잔상·······························31

김미향

쥐똥나무·······························33
모종비·······························34
야생화를 만나다·······························35
노란 야생화·······························36
바위취·······························37

김순열

내 하나의 별·······························39
자화상·······························40
가을 호수·······························41

낙엽 ……………………… 42
들꽃의 눈물 …………………… 43

김양해

새로운 언어 ………………… 45
우리 사랑할까요 ……………… 46
가을을 담다 …………………… 47
만남에 대하여 ………………… 48
우리 만나요 …………………… 49

김연서

겨울 저녁 ……………………… 51
공식 …………………………… 52
너는 봄이다 …………………… 53
가을잎 ………………………… 54
사랑 …………………………… 55

김자경

冬寒臘梅 겨울철 매화 ………… 57
樹枝留殘雪 나무위에 남아있는 잔설 … 58
棄別昨日 어제와 작별하고 …… 59
家 집 ………………………… 60
幹杯 건배 …………………… 61

민성식

새벽 …………………………… 63
사막의 하얀별 ………………… 64
풀잎사랑 ……………………… 65
흰구름 사이 …………………… 66
마음에게 ……………………… 67

박은옥

희망으로 가는 다리에서 ……… 69
창밖 세상에 …………………… 70
터널 …………………………… 71
변명 …………………………… 72
그날의 난 아직도 아프다 ……… 73

박호제

그곳에 가면 …………………… 75
내 사랑은 ……………………… 76
단풍나무 ……………………… 77
춘삼월입니다 ………………… 78
아름다운 인생을 위하여 ……… 79

박효신

동화사의 밤 …………………… 81
사랑 …………………………… 82

여인을 사랑한 태양·····················83
그렇게 사랑하였습니다·····················84
하늘이 기억하고 있습니다·····················85

박종선

된장·····················87
휴일·····················88
주름·····················89
간이역·····················90
돌아오지 않든 계절은 아프고·····················91

신명철

입춘나절·····················93
봄 안개·····················94
봄인 것을·····················95
비가 내리다·····················96
장마·····················97

안종주

광의재에서 보는 야경·····················99
풍경·····················100
눈 내리는 광탄리·····················101
십자수·····················102
북풍한설·····················103

양영숙

국화꽃 향기·····················105
벤치·····················106
설레임·····················107
낙화·····················108
나도 꽃이라네·····················109

유평호

만취·····················111
귀로歸路·····················112
동행·····················113
가을밤·····················114
기다림·····················115

이인희

구름·····················117
내가 나를 안는다·····················118
서리꽃·····················119
꿈·····················120
이화동에 봄이 왔어요·····················121

이종호

그리움 비가 되어…………………123
詩샘…………………124
부부…………………125
매일…………………126
단풍…………………127

전경자

고독한 인생…………………129
두물머리…………………130
그 사람 …………………131
사랑의 열매…………………132
사랑이란…………………133

정일성

행복…………………135
진정한 순례길…………………136
봄바람…………………137
외롭다…………………138
혼자…………………139

최인섭

강추위 …………………141
찜통더위…………………142
들장미…………………143
무제…………………144
눈물이 날땐 그냥 우세요 …………………145

최인호

아빠의 작업복…………………147
기다림의 미학…………………148
봄여인의 마음…………………149
인절미印切味…………………150
글거울…………………151

최현숙

봄비…………………153
파도…………………154
비… 아닐 비…………………155
홍단풍…………………156
기다림…………………157

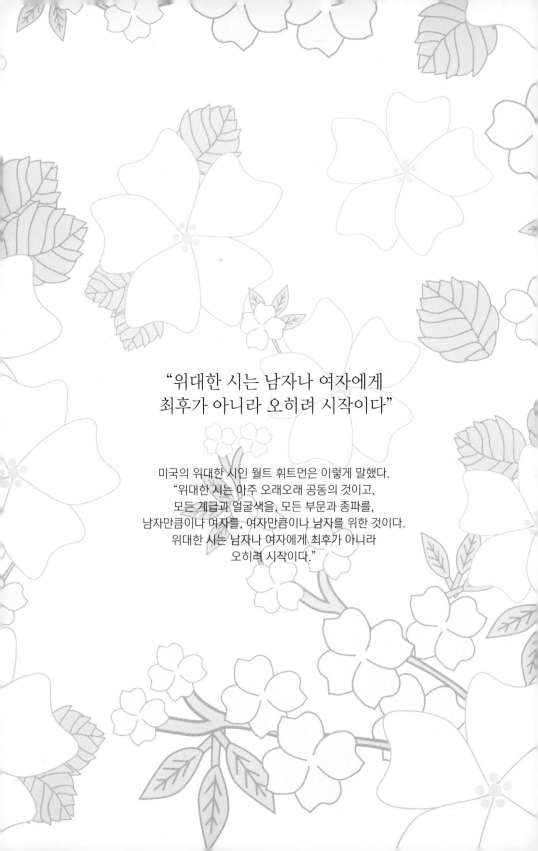

"위대한 시는 남자나 여자에게
최후가 아니라 오히려 시작이다"

미국의 위대한 시인 월트 휘트먼은 이렇게 말했다.
"위대한 시는 아주 오래오래 공동의 것이고,
모든 계급과 얼굴색을, 모든 부문과 종파를,
남자만큼이나 여자를, 여자만큼이나 남자를 위한 것이다.
위대한 시는 남자나 여자에게 최후가 아니라
오히려 시작이다."

인향문단 시화집

그날이 오면

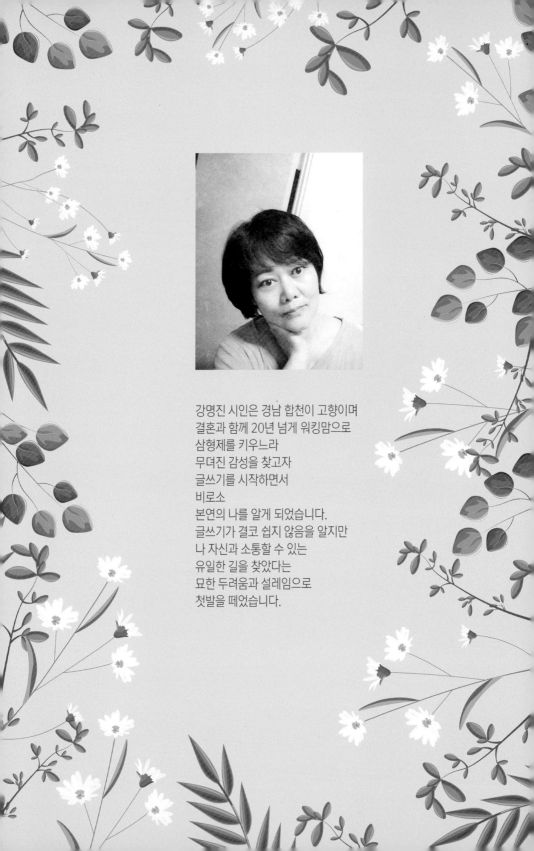

강명진 시인은 경남 합천이 고향이며
결혼과 함께 20년 넘게 워킹맘으로
삼형제를 키우느라
무뎌진 감성을 찾고자
글쓰기를 시작하면서
비로소
본연의 나를 알게 되었습니다.
글쓰기가 결코 쉽지 않음을 알지만
나 자신과 소통할 수 있는
유일한 길을 찾았다는
묘한 두려움과 설레임으로
첫발을 떼었습니다.

대나무 숲길 거닐며

강명진

내가 숨 죽이며
들으려는 건
너와 바람의 밀어
내가 두 눈 감은 채
느끼려는 건
네가 바람을 맞이하는
살가운 몸짓
그리고
마음을 비운 채
꺾이지 않는 절개로
부르는
바람의 노래

목련화

강명진

설렘의 성화로
목마른 대지위
아지랑이 피어나고
하얀 밤
붉게 물든 가슴 속엔
그리움의 파편들이
툭툭 터지며
기어이
봄은 오고 말았다

석류

강명진

먼발치에서 보기만 할게

차마
닿기라도 하면
팽창된 그리움이
풍선처럼 터질까 봐

수국의 계절

강명진

애써
꽃심지 곳곳에 숨긴
내 마음이
드러날 수 밖에 없는
욕망의 향연

너에겐
손바닥만큼
나에겐
한아름만큼
각자의 설레임을
꽃숲에 숨긴 채

봄을 보낸 끝자락
연민의 바람이
여린 꽃가지 흔들며
뭉테기뭉테기로 피웠더라

첫눈
강명진

싸르르 싸르르
들릴듯 말듯
밀어처럼 숨 죽이며 내린다
널 찾아 헤매다
결국은
땅으로 유배된
그리움의 깃털들
첫눈이다

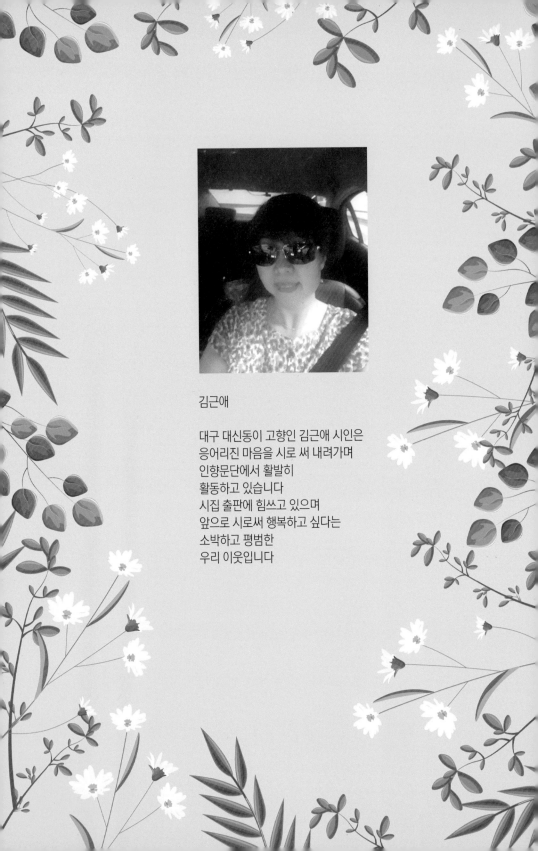

김근애

대구 대신동이 고향인 김근애 시인은
응어리진 마음을 시로 써 내려가며
인향문단에서 활발히
활동하고 있습니다
시집 출판에 힘쓰고 있으며
앞으로 시로써 행복하고 싶다는
소박하고 평범한
우리 이웃입니다

가을바람 곁으로 내가 간다

김근애

무덥던 여름 뒤로 하고
가을바람 곁으로 내가 간다

한 밤 중 찬 기운은
무덥던 여름 덮지 않던
이불을 끌어당기게 만든다

가을 속으로 들어가서
가을에 맞게 옷을 입고
가을에 맞게 하늘도 구름도
자연도 조화를 이룬다

가을바람 곁으로
내가 들어간다

엄마

김근애

보름달은 엄마 얼굴
서로 쳐다만 보고 있어도
그냥 좋다
이유없이 좋다
보름달은 엄마의 얼굴
빙그레 웃어주는 보름달은
엄마의 얼굴

행방

김근애

지나간 세월을
낙엽에게 물어보았다

낙엽 밟는 소리
바스락 바스락
세월이 그렇게 흐른다고 말해주었다

지나간 세월을
강물에게 물어 보았다

나도 세월 찾아 흐르고 있으니
세월을 찾으면 얘기해 준다며
강물은 유유히 떠났다

누구도 알지 못 한다
세월의 행방을…

포도이야기

김근애

물만 주었을 뿐인데
거름만 주었을 뿐인데
햇빛을 그리고
바람을 먹고
지켜봤을 뿐인데

알알이 튼실하게
송이송이

짧은 생의 달콤함을
선물로 남기는구나

몰래한 사랑

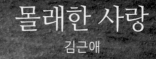

김근애

남 몰래 사모하는 내 마음
들켜 버릴까
두 손으로 얼굴을 가리고
심장은
두근두근

가끔
눈이라도 마주칠 때면
벌써 붉어지는 두 볼

혼자만의 사랑이라
남몰래 눈물 짓는
이 마음 누가 알아챌까
얼른 닦는다
눈물을…

김미숙

아호 : 성아
부산 출생
사)문학愛 정회원
문학愛 통권 특선집 참여
SNS작가협회 회원
시집&에세이 월간시선 참여
공감문학 소식지 참여

바람아 불어라

성아 김미숙

한들한들 코스모스
가을바람에 흔들리고
살랑살랑
가을바람은 마음을 흔드네

어쩌라는 건가
어찌하라는 건지
꽃잎은 바람에 날릴 때마다
낯익은 향기를 퍼트리고

나풀나풀
흔들리는 건 나뿐인가 보다

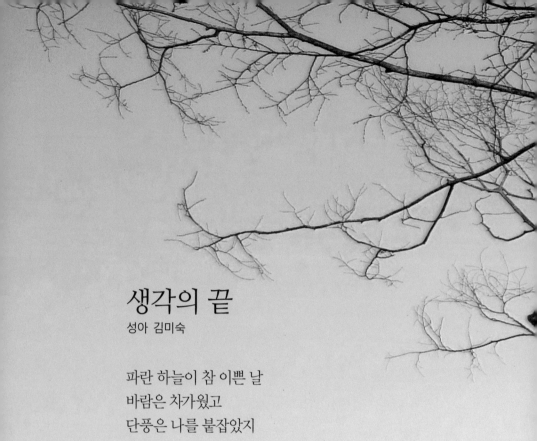

생각의 끝

성아 김미숙

파란 하늘이 참 이쁜 날
바람은 차가웠고
단풍은 나를 붙잡았지

졸졸 흐르는 계곡물에
노니는 작은 물고기들의 여유로움
살째기 담궈 본 발은 정말 시려웠다

햇살에 비친 맑은 물 내려다보니
머릿속은 비워지고
눈은 즐겁다 하네

마음에 뭉쳐 두었던 모든 것들
샤랄라 바람결 따라
흩어지는 것을 보았다

방긋 웃어보구려

성아 김미숙

찬바람에 볼따구 시려 하며
두발 동동 구르며 다녔는데

하얀 눈이 날리면
얼른 쫓아가 창밖으로
양손 곱게 오므리며 기다렸는데

바람이 살랑살랑 부는게
딱 봄바람이구나

올망졸망 피어날 꽃들이
보고픈 걸 보니 봄이 오고 있구나

추억이 그리울 때
하나씩 꺼내보며
입가에 방긋 미소를 띄우지

계절은 또 그렇게
작은 추억거리 하나쯤
남겨놓더라

봄이 그리울 때쯤
봄은 꼭 오더라
꽃내음 한아름 안고서

비가

성아 김미숙

뿌연 안개 뚫고
봄비가 내린다

어설픈 가슴 사이
봄비가 내린다

얄팍한 마음에
봄비는 어쩌자고 자꾸 흔드는지

떨어지는 빗방울만큼
그리움은 더해지는 거 같고

애써 외면했던 마음이
살짝 미안해지려 그러네

빗방울 사이 바람길 따라
마음을 보내본다

그리움에 잔상

성아 김미숙

여름밤 더위에 열어 놓은
네모난 창문 사이로

구름에 가려진 둥그런 달님과
눈이 마주쳤어

자려고 누웠다가 시작된
달님과의 눈 싸움

가려진 구름이 걷히니까
달빛은 왜 그리도 밝던지

방아 찧는 토끼도 보였다가
가물가물 잊었던 얼굴도 보였지

한참을 째려보다
슬며시 감겨진 눈꺼풀 사이로

그리움 묻어나는
아련한 잔상

김미향 시인은 서울에 거주하며
자영업을 하고 있습니다.
시를 꾸준하게 창작하며 인향문단을 통하여
작품을 발표하고 있습니다.

쥐똥나무

김미향

길을 걷다 보면 어디선가
코를 자극하는
진한 향수가 물씬
기분좋은 향기에 끌려
코를 대고 킁킁 거려본다

꿀벌도 호박벌도
쥐똥꽃에 취해
꽃가루를 모으느라
정신없다

가을에 까만 열매가
쥐똥같아 쥐똥나무

약성도 있고
관상수로 인기가
좋은 쥐똥나무
쥐똥꽃 향기에 흠뻑 취했다

오월,
쥐똥향기의 절정

모종비

김미향

모처럼 비가 내린다
종일 비가 내린다
비가 오니 창문에 부딪히는
빗방울 소리가 노래 같다
흥얼흥얼 따라 노래 부른다

배따라기
비와 찻잔 사이에서
노래를 부른다

야생화를 만나다

김미향

이른 봄 숲속에
두귀 쫑긋 솜털
보송보송

노루의 귀를 닮은
노루귀

예쁜 모습 보고 가라 손짓한다
가까이 다가가 입맞춤 하고 싶고
눈도 맞추고 싶어

바짝 엎드려
눈에 담는다

노란 야생화

김미향

봄 들녘에
노란 꽃물결
참 작다

언 땅을 뚫고
노란 꽃을 피우니

지나는 먼발치에
나도 모르게
눈길이 가고

내 마음에 담아
꽃길 따라 걷는다

바위취

김미향

바위옆에 딱 붙어서
자라는 바위취
그래서 바위취 '취' 자가 들어가니
일단 먹는 나물이로세

위로 아래로 옆으로
마구마구 퍼지듯 번식하네

취하도록 어여쁜 바위취꽃
범의귀를 닮았네

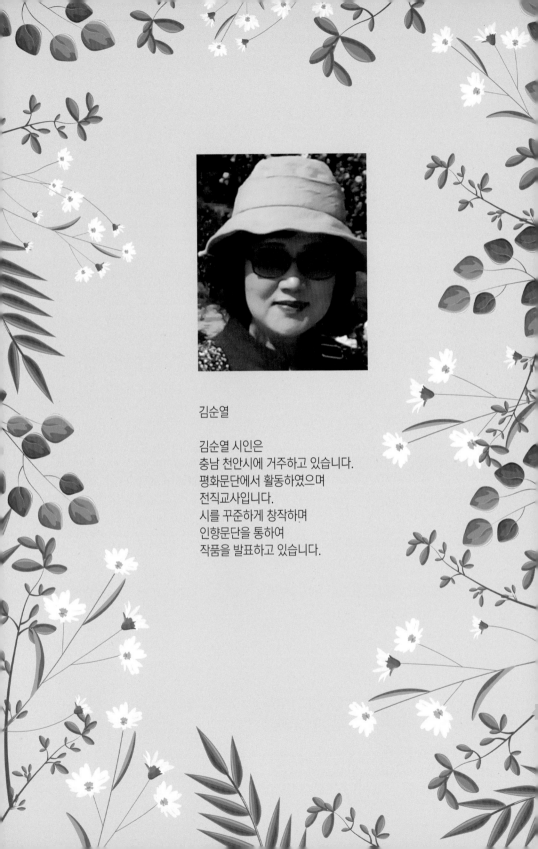

김순열

김순열 시인은
충남 천안시에 거주하고 있습니다.
평화문단에서 활동하였으며
전직교사입니다.
시를 꾸준하게 창작하며
인향문단을 통하여
작품을 발표하고 있습니다.

내 하나의 별

김순열

가슴에 별 하나를
키우고 싶다

깊은 밤 홀로 기대어
소리내어 울 수 있게

벼랑끝에 서 있는 날
별을 보고
돌아올 수 있게

가슴에 별 하나가 산다면
길고긴 목마름 끝의
오아시스 처럼
가슴을 촉촉히 적셔주고

화사하게 핀 꽃길을
행복한 미소로
끝없이
걸어갈 수 있을텐데

가슴에 별 하나가 산다면

자화상

김순열

나에게도 한때, 핸썸한 남학생 보면
콩닥콩닥 가슴 뛰는
애띠고 풋풋한
아리따운 소녀인 적 있었을텐데

잘룩한 허리에 벨트를 메고
굽높은 구두 신고
사과꽃 향기를 흩날리며
아름답던 숙녀인 적 있었을텐데

아들 둘 키우느라 소리소리 지르며
억센 아줌마 되어
학교로 집으로 망아지 날뛰 듯
쫓겨 살아오다보니 턱까지 찬 중년

이젠 거울을 봐도
내가 여자인지 남자인지 알 수가 없다
손톱케어 두피케어 받으며
서울 유명 백화점에 명품가방 사러 다니는
지인 언니를 난 늘 여자라 생각했다

그래, 난 여자도 아니고 남자도 아니고
그냥 사람이다
가끔 청춘인 줄 착각하면서 사는…

가을 호수

김순열

시리도록 푸른 하늘을 담은
호수가 적막하다

아무 생각도 나지 않는다
아무 걱정도 들지 않는다

고요와 정지가
나를 길게 눕힌다

흐르는 물줄기에
엉켜붙은 실타래가
한올한올 풀려 간다

유유히 흘러가는
강물의 속삭임

희망을 부여 잡으라고
힘차게 일어 서라고

강물의 일깨움에
나를 일으킨다

발걸음이 가볍다

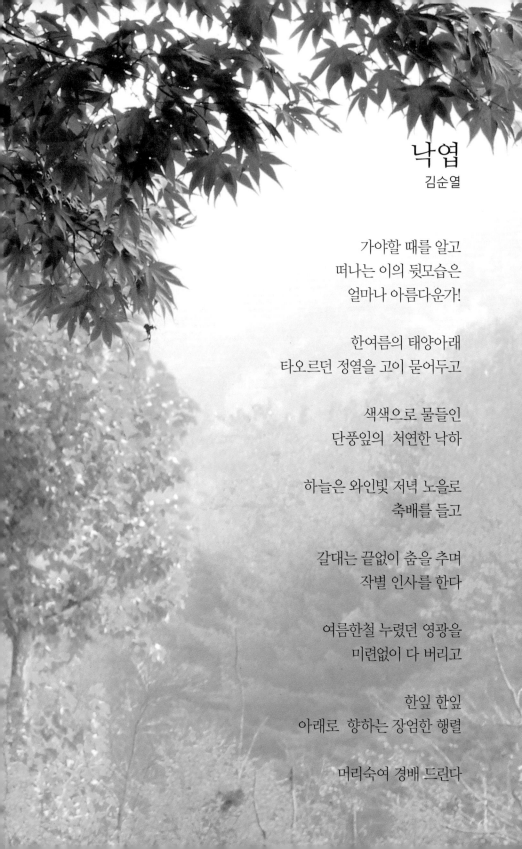

낙엽

김순열

가야할 때를 알고
떠나는 이의 뒷모습은
얼마나 아름다운가!

한여름의 태양아래
타오르던 정열을 고이 묻어두고

색색으로 물들인
단풍잎의 처연한 낙하

하늘은 와인빛 저녁 노을로
축배를 들고

갈대는 끝없이 춤을 추며
작별 인사를 한다

여름한철 누렸던 영광을
미련없이 다 버리고

한잎 한잎
아래로 향하는 장엄한 행렬

머리숙여 경배 드린다

들꽃의 눈물

김순열

다시는 오지 않을 그 사람을
끝내 잊지 못하고 밤새도록 그리워하다
참았던 쓰디쓴 울음을 토해내며

별들도 모두 잠든 이른 새벽에
아무도 모르게 잎새위에 흘려놓은 이슬방울
마침내 비 오는 날 쏟아지는 비소리에
울음소리 파묻고 목놓아 실컷 울어 버린다

언젠가 한번은 다시 올거란
부서진 희망 한조각 쓸어 안고

길가 풀섶에 조용히 숨어
기다리는 제 모습 차마 못보고 지나칠까봐

짙은 향기 멀리 전하며 떠나버린
그 사람을 하염없이 기다리며

작은 꽃으로 피어난 연약한 들꽃의
그리움의 눈물방울

김양해

강원도 인제군 신남에서 출생하였습니다.
인향문단 4집과 5집을 통해서 작품 발표 하였으며
대한문학세계 너에게 가는길 외 2편으로 등단,
6월의 신인문학상 수상.
인향문단 4집, 5집과 시화집 1집 가울문 동인지등 참여,
현재 인향문단 회원 및 가슴 울리는 문학 회원,
대한문인협회 경기지회 정회원으로 활동하고 있습니다.

새로운 언어

김양해

보고 싶다
달려오는 널 기다리는 시간에도

그립다
보고 있어도 아쉬운 순간들이

어떤 말에도 담을 수 없는
가슴 터질듯한 사랑

애틋한 기다림은
뜬 눈으로 홀로의 밤을 지새우며

뜨거운 마음 전해줄
새로운 언어를 찾아 헤매고

함께 잠들어 맞이하는
새로운 아침이면
떠난 시간이 아쉽다

우리 사랑할까요

-김양해

어느 여름날의 소나기처럼
갑작스럽게 서로의 하루에 뛰어들어
눈 깜짝할 사이 온몸을
흠뻑 적셔버리듯
우리 그렇게 사랑할까요

의미 없이 스러져가는
내 삶의 아까운 순간들이
그나마 가장 길게 남았을 오늘
애틋한 설렘을 꿈꾸는
그나마 가장 어린 그대의 오늘

가슴이 이끄는 대로
못 이기는 척 나의 우산 속으로
나의 삶 속으로
그렇게 그렇게
이제 우리 사랑할까요

가을을 담다

김양해

채워지지 않는 작은 가슴에
꼭꼭 숨겨두었던 널
조심스레 꺼내본다

아무리 애를 써봐도
떠오르지 않는 희미한 모습을
점점 높아만 가는 하늘에 담는다

너 하나 빠져나간 뒤
텅 비워진 가슴에
찬 바람 횡한 가을을 담아본다

널 담아 간 하늘은 끝도 없이 높아만 가고
시린 가슴에 담긴 가을은
몹시도 춥기만 하다

만남에 대하여

김양해

그리운 것이 사람이었다

일정하게 떠나는
삶의 조각들이
하나씩 흩어지던 날에 찾아드는
선물 같은 하루

죽을 때까지 매달려도
늘 모자란 것이 사랑이겠지만
아무리 해도 채워지지 않는
가슴 시린 그리움

그립지 않은 사람이 있을까

서로의 시간들이
넝쿨처럼 이리저리 뒤엉켜 흐르다
옷깃이라도 스칠 때
아름다운 만남이 되겠지

우리 만나요

김양해

홀로의 긴긴밤
숱하게 보내야 했던
그토록 애절한 시간들
훌훌 털고서
우리 만나요

간절하게 붙잡고 싶었던
떠나버린 계절은
돌고 돌아 다시 오는 것

이 순간에도
정신없이 달아나고 있는
그대와 나의
가장 어린 소중한 시간들
더는 허무하게 놓치지 않도록

그대에게 달려갈게요
오늘이 가기 전에
이 밤이 멈추기 전에
우리 만나요

김연서

경북 안강에서 태어나
내 감성의 7할을 만들어준 그곳에서
유년시절을 보냈습니다.
오랫동안 선생님,작가의 꿈을 품었고
지금은 대구 본인학원에서 학생들을 가르치며
살고있습니다.
꿈은 포기하지 않으면 꼭 이루어지더이다.

겨울 저녁

김연서

동산에 올라 바라본 풍경
저녁노을이 수채화처럼
바탕색을 입히면
평화롭게 물드는 내 마음

내 코끝에도 볼에도
노을이 살짝 물들었을까
차가운 빨강 뜨거운 빨강

모락모락 굴뚝의 연기
아이를 부르는
어느집 엄마의 목소리
구수한 밥냄새가 바람을 타고
나를 맴돌다
내 가슴속에 아지랑이처럼 피어오른다

내 유년의 겨울저녁
외가 창마을 동산
공기의 색과 온도, 냄새, 뭉클함, 따스함
다시 한번 마주하고픈
인생 한컷

공식

김연서

원의 넓이는
파이알제곱
사각형의 넓이는
가로 곱하기 세로

내 마음의 넓이는
얼마나 작은지…
하지만
깊이는 무한대라
말하고 싶군

너는 봄이다

김연서

얼어붙은 가슴
감각조차 무뎌져
차가움인지 뜨거움인지
알길없는 뻐근함

봄비되어 따뜻한 손길로 어루만지네
토닥토닥 톡토도독
리듬으로 날 깨우네
수줍은 봄꽃으로 웃고 있구나

내 안의 겨우내 긴 외로움에게
너는 속삭인다

이제 가도 돼

가을잎

김연서

기름기 빠진 내 피부같은
마른 잎들이 안쓰러워
손 위에 올려본다

먼길 떠나는 여인의 진한 화장같은
찰나의 화려했던 자태는
빛바래 퇴색해도
누군가에게 그리움으로 남으니
좋지 않냐고 한다

바스락바스락 가벼워
바람따라 휘이휘이 나풀대니
참 좋지 않냐 한다

물기 가득 봄잎, 탱글탱글 여름잎의
어제를 그리워하지 않노라
떠나야할 때
미련없이 떠날 수 있으니
이 또한 좋지 않냐고

내게 말한다

사랑

김연서

사랑은
그동안 잘 살아냈노라
신이 내게 준 선물인줄
알았습니다
주고주고 더 주고픈
예쁜 마음인줄
알았습니다
보면 기쁨
안보면 그리움인줄
알았습니다
하지만
그대를 비워낸 가슴이
이리도 아픈 걸 보니
사랑은
신이 내게 준
벌이었나 봅니다
나를 사랑하지 않은 죄
나를 사랑하지 않는
그를 사랑하는
벌

김자경 시인은
강원도 태백에 거주하고 있습니다.
문학을 좋아하고 시를 꾸준하게 창작하면서
인향문단을 통하여
작품을 발표하고 있습니다.
개인창작시집과 한시번역에 대한 책의 출판을
준비하고 있습니다.

冬寒臘梅 겨울철 매화

清婉 김자경

我去園中看臘梅 昨晚幽香吹入戶
向南枝頭花已露 不怕檐冰結成柱
春天就要來臨際 妳聽鳥啼殘雪樹

나는야

정원에 나가서 매화 나무를 보느라니
엊 저녁에 떠오르던 그윽한 향기가 생각나

남쪽으로 뻗은 가지는 어느새 꽃 망울이 지어
처마밑 드리운 고드름이 얼어서 기둥이 되어도

아랑곳 않아

봄이 올 이 무렵 눈앞에 봄 모습을 그려보아

들리느냐 !

아직도 남아있는 잔설이 나무가지위에서
봄을 알리는 새의 울음소리가…

樹枝留殘雪
나무위에 남아있는 잔설

清婉 김자경

遠望枝頭殘雪留,
冰寒似江照晩晴
멀리서 나뭇가지에 남아있는 눈을 바라보니
오싹한 한기가 서녘의 대지를 덮어버리네

松柏郁郁而不雕,
茫茫雪地歸舟程
울창한 송백나무는 눈서리에 시들지 않아
눈 덮인 망망한 대지는 희미한 귀향길이라

霜雪巖巖百物殘,
不禁長夜苦漫漫
만물은 눈에 깔려 암석을 쌓은 듯 기능을 잃어
금치 못한 긴 밤에 괴로움 마저도 끝이없어

真仙不管人間世,
曾幾見黃塵滄桑
신선이라 할지라도 인간세상은 관여치 않아
변화무쌍한 세상도 언제 한번 찾아 뵈업던가

棄別昨日 어제와 작별하고

婉清 김자경

昨日已棄我而去,
當向往前進之路
어제는 이미 나를 버리고 갔으니
앞으로 나아갈 길을 동경 할 때이라

今日宛如此金翅,
當為飛行駛向遠
오늘은 마치도 소중한 금빛 날개이라면
먼 곳으로 비행할 수 있는 도구라 여기고

面對面離別過去,
當便開始未來生
씩씩하게 어제와 끊어버리는 마음 가짐이
그것이 바로 미래를 시작하는 삶의 질이라

若有若無心態靜,
當能平靜思念舊
있는 듯 없는 듯 조용하니 가라앉힌 마음
과거를 잊어버리고 시작하는 새로운 삶

家 집

婉清 김자경

家, 生命開始的地方
집, 여기에서 태어나서 시작하는 첫걸음,
인생의 시작이로다

人的壹生, 都在回家的路上
인간은 일생 동안, 집으로 돌아가는 길에서
모든 시간을 허비한다

每個人, 壹生都會走千千萬萬條路
사람마다, 평생을 수천 만개의 길을 걷는다

但魂牽夢繞, 只有壹條路, 回家的路
하지만 그리움을 떨치지 못하여 오직
집으로 돌아가는 길 하나를 선택 할 뿐이다

無論走得多遠, 心頭牽絆著,
永遠是記憶深處的家
아무리 멀리 갔더라도 마음에 걸리는 것은
영원히 깊은 기억속에 남아있는 내 집이여

累了, 倦了, 想回家了,
힘들었거나, 피곤했거나 언제든 돌아 갈수 있는 내 집

永遠有個安頓的歸宿
영원히 편안한 나의 안식처이자 귀착점이로다

幹杯 건배

清婉 김자경

席上酒杯難推卻,
朋友爭得臉如霞
술자리에서 권하는 술은 거절할 수 없어
친구과 술을 겨루느라 얼굴이 벌겋게 달아

今時有酒盡情享,
更憑歌舞為媒介
오늘 술 마시는 이 시간을 마음껏 누리며
춤과 노래에 흥이 한껏 더 부풀어 올라

逢醉歸鄉煩心去,
有錢使人生窟郎
취한 기분이 고향길도 시름이 덜어지는구려
돈이 생기니 인생도 낭자지는 것이로다

민성식

시인은 충청남도 논산에서 태어나 초등학교를
논산에서 다녔습니다. 그 이후 대전으로 나와
지금까지 대전에서 살고 있습니다. 시를 꾸준하
게 창작하면서 인향문단 5집에 참여하면서 자
신의 작품을 인향문단에 발표하고 있습니다. 지
금은 화물차 운송업을 하고 있습니다.

새벽

민성식

새벽을 지나온 산 속에
이슬처럼 맑고 깨끗하고 아름다운 눈빛
건너편에 창문으로 비치는
아침햇살이 아름다워라

까치는 노래하고
붉으스레 웃는 아름다운 장미꽃이
아침창을 즐겁게 여네

사막의 하얀별

민성식

사막에서 피어나는
하얀꽃

그꽃은 신비로운 꽃

두근두근
심장은 불 타고
나를 찾아 사막에서 오신다면
내 기꺼이 애타게 맞이하렵니다

사막에 숨어있던
샘물처럼…

풀잎사랑

민성식

창가에 앉아서 바라보니
산들바람에
부드럽게 흔들리는
푸르른 자그마한 풀잎

살랑살랑
아침인사

흰구름 사이

민성식

흰구름 수줍고
흰구름 낯설지 않고
흰구름 야릇하고
뜬구름 사이로
살포시 미소 지으시네

눈부시게 아름다운
풍경

마음에게

민성식

슬픔을 알 수가 있을까요
그리워하는 마음을
알 수가 있을까요
즐겁고 행복한 마음을
알 수가 있을까요

저 하늘의 구름은 알까요

저 하늘 구름은
말이 없네요

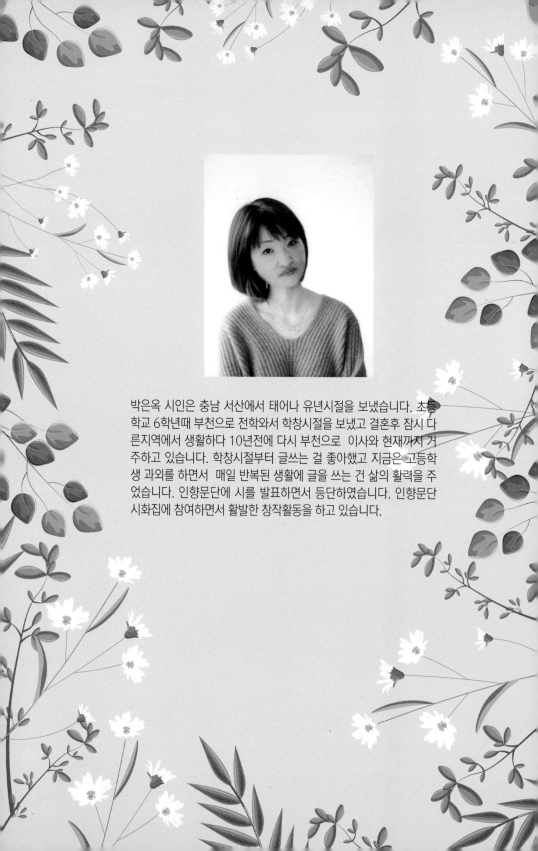

박은옥 시인은 충남 서산에서 태어나 유년시절을 보냈습니다. 초등
학교 6학년때 부천으로 전학와서 학창시절을 보냈고 결혼후 잠시 다
른지역에서 생활하다 10년전에 다시 부천으로 이사와 현재까지 거
주하고 있습니다. 학창시절부터 글쓰는 걸 좋아했고 지금은 고등학
생 과외를 하면서 매일 반복된 생활에 글을 쓰는 건 삶의 활력을 주
었습니다. 인향문단에 시를 발표하면서 등단하였습니다. 인향문단
시화집에 참여하면서 활발한 창작활동을 하고 있습니다.

희망으로 가는 다리에서

박은옥

언 계곡을 녹이고
차가운 계곡을 건너
아주 작은 봄이
꿈틀거리며 피어난다

발을 담글 공간조차 없는
꽁꽁 언 계곡 앞에서 깨질까 봐 주춤했다
흐르는 계곡물 앞에선 차가울까 봐 멈칫했다
하지만 뒷걸음치지 않았다

그리고 건넜다
이젠 발을 담가보자
담가야 건널 수 있고
계곡의 깊이를 알 수 있으니

담그자
건너자
아주 작게 피어나는 그 봄이
마침내 세상을 다 덮어 버릴 것이니
눈 앞에 보이는 차가움 때문에 돌아서지 말자
이 계곡 지나 피어나는 작은 봄과 함께
다리 위를 힘차게 걸어가보자

창밖 세상에

박은옥

창문 하나 사이에 두고 바라본 세상
봄햇살이 나오라고 손 내민다
그 손길 따사로와 밖으로 나갔다

따스함만 보고 나온 세상 꽃샘추위가 활기를 치며
지독한 감기를 뿌리고 간다

아름다운 미소에 마냥 좋아 바라보다 만진 장미
돌아선 장미 뒤엔 가시가 돌아있었던 것처럼

감기에 걸리고 가시에 찔려 상처가 나고 피가 나고서야 알았다

봄 흉내를 내며 얇은 옷 입고 봄을 즐기게 해 논 꽃샘추위는
한겨울 한파보다도 더 춥고 매섭다는 것을…

마음을 빼앗은 후 찌르는 장미의 가시는
어릴 땐 눈물 흘리며 아프다 말할 수 있었지만
커서 찔리는 가시는 속으로 흐느껴야 한다는 것을…

창문 하나 사이에 두고 바라본 세상엔
차가운 날씨와 따사로운 햇살이
오늘도 여전히 세상을 흔들고 다닌다

터널

박은옥

산의 한가운데에 상처가 깊다
자연은 상처위에 그냥 자란다
자연의 뿌리가 산을 파고든다
너의 마음 한구석 깊은 상처를 남겨놓고
너의 아픔을 뚫고
사람들은 오늘도 긴 터널을 달린다

자연은
그 상처위에 봄꽃을 피운다
자연의 뿌리는
더 깊숙히 너를 파고든다

넌 오늘도
비가 오면 비에게
너의 눈물 숨기고
눈이 오면 눈에게
너의 까맣게 탄 마음 숨기며
너의 마음에 길을 내어준다

변명

박은옥

무엇을 움켜지었기에
오늘도 꼭 쥔 손을 펴지 못하는 걸까
아무 것도 움켜잡은 게 없으면서
쥔손을 피는 순간
나의 꿈보다 더 큰 무얼 잃을 것처럼
손안에 든 것과
잡고 싶은 것 사이에서
고민하는 걸까
주먹을 펴 보면
내 것은 없는 빈손일 뿐인데
내가 움켜잡은 내 손 안에 것들은
꿈을 펼칠 용기 없는
나를 숨겨줄 변명거리들 뿐인데
난 오늘도 그렇게 나의 빈손을 움켜지고
여전히 가슴 한구석
허전함의 이유만을 찾아
변명들을 거미줄처럼 엮고 있다

그날의 난 아직도 아프다

박은옥

집 앞 공원이 한가롭다
벤치에 앉아 초점 없는 시선으로
모든 생각을 버리고
먼 산과 하늘을 바라보는데
생각없는 마음위로 흐르는 두 줄기
먼산을 바라보는 내가 울고 있나보다

나는
그때의 나를 안아줘야 했는데
그때의 나에게
그날의 나에게
힘들었지
무서웠지
토닥여줘야 했는데

눈물을 흘린다는 건
아픔을 내보낼 용기가 생겼다는 거야
그러니 잘 하고 있는 거야
그러니 앞으로 더 용기를 내는 거야
그래도
그날의 난 아직도 아프다

박호제

강원도 출생
춘천문인협회/인항문단회원
월간한비문학/신인문학상수상자
사단법인/대한노래지도자운영위원
사회복지문화/예술지향에 앞장서고
음악/심리/스피치/낭송가로
활동하고 있다.

그곳에 가면

박호제

반갑게 인사 나눌 수 있는 사람이 많은 데
코로나 19 때문에
자주 가보질 못해 안타깝다

그곳은 춘천의 명소로 손꼽히는
문인들이 붐비는 곳
카페 상상마당

요즘엔 빈자리가 꽤 많을 것이다
한달음에 달려가고 싶은 마음
굴뚝 같지만
오늘도 그냥 생각에서 멈추기로 했다

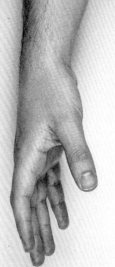

내 사랑은
박호제

언제나 마음의 문 활짝 열고 들어와
굳이 말하지 않아도 선물을 주고 간다
나만의 유일한 친구이자
거부할 수 없는 내 사랑은
기쁠 때나 슬플 때나
늘 함께 한다

외롭고 행복할 때에도
가슴에 핀 꽃처럼
항상 변함이 없다

단풍나무

박호제

천상계의 요정들이
물감통을 엎지르다
푸른 잎이 붉은 치마로 갈아입은 단풍나무
한 폭의 그림 같다

깊어가는 가을의 정취가
물씬 풍기는 날

삼삼오오 짝을 이룬
친구들과
소풍을 왔다

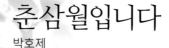

춘삼월입니다

박호제

봄꽃 만나러 오세요
지난 봄에 만났던 사람들

시린 올 봄에도 다시 만나
좀 더 따뜻한 심정으로
춘삼월의 꽃을 피우고 싶다

꽃을 좋아하는 사람들 모두 모여라
꽃을 닮았다 생각하는 사람들 어서 오세요
그리고 꽃을 담고자 하시는 분들도
한달음에 오세요

겨울보다 시린 봄입니다만
새로운 희망과 용기로 시작하는
봄을 살고 싶은 사람은
꼭 오세요

아름다운 인생을 위하여

박호제

가정에서
일터에서
성공하기를 바란다면
현재 자신의 모습을 살피자
가정에서도
일터에서도
상대방의 마음을 좀 더 깊이 이해하고
자신의 삶을
신중히 들여다 보고 사는 것

이거야 말로 진짜
아름다운 인생의 성공철학이
아닐까 싶다

박효신 시인은 충청남도 아산에 거주하고 있습니다.
인향문단에 시를 발표하며 등단하였습니다.
왕성한 시작활동을 통하여
첫 창작시집인 "나의 세상"과
두번째 시집 "내 눈에 네가 들어와"를 발간했습니다.

동화사의 밤

박효신

동화사의 아름다운 밤
캄캄한 산사에 길게 누워있는
들마루 걸터앉아 빼곡히
둘러서 있는 나무 사이로

하늘에 달과 별 사랑에
무르익어 거친 숨 몰아쉬며 속삭일 때
질투에 눈이 먼 구름이
바람을 일으켜
훼방을 놓는다

구름은 어슬렁거리며
기웃거리다가
별과 달을 삼켜 버린다.

사랑

초연 박효신

빨간 장미꽃에 사랑이 흐릅니다
어머니의 젖가슴에도
사랑이 흐릅니다
내 가슴에도 사랑이
흐릅니다

사랑이란 이름은
우리의 연결고리입니다

여인을 사랑한 태양

초연 박효신

햇살 고운 날
하얀 머리 나부끼며
고운 자태로 앉아
사랑스러운 여인
태양과 사랑을 나눈다

하늘의 태양도
뜨거운 가슴을 열어
여인에게 보여준다

여인을 사랑한
태양

그렇게 사랑하였습니다

초연 박효신

그렇게 사랑하였습니다
내 고운 살결을 깎아
한 땀 한 땀 엮어
고운 비단길 만들어 드리고

가시는 길 고이 밟고 가시오소서
내 고운 살결 깎아서
한 점 한 점 엮어서
고운 비단 이불 만들어
이녁의 뜨거운 심장 덮어주리오

이녁을 그렇게
사랑하였습니다

하늘이 기억하고 있습니다

초연 박효신

그리움을 부르는 봄비가 내리고
있습니다

하늘에서 툭 또르르 봄비가
내리고 있습니다

하늘이 기억하고 있습니다

하늘은 겨울과 봄 애틋한 이별을
기억하고 툭 또르르
비를 뿌립니다

하늘이 주르륵 눈물을 흘립니다

무이 박종선

시와에세이 정회원
공감문학 정회원
솜다리 문학 정회원
인향문단 정회원
우리시진흥회 정회원
시집'새벽향기' 출간

된장
박종선

오래 될수록 깊은,

날콩인 시간을 더 하고
묵힌 날의 깊이를 더 하면
곰삭은 미련은 백발이 될까

잠시, 발자국의 앞뒤를 가늠한다

한 발보다 짧은 기억들이
묵은 냄새로 쌓여있고
헤집어 낼수록 풋풋하다

새끼에 묶였던 기억을 지우고
둥글게 담긴 긴 시간이
서로의 호흡이 되어 살아간다

늙어갈수록 구수해지는
함께 나눈 삶은 깊은 맛이다

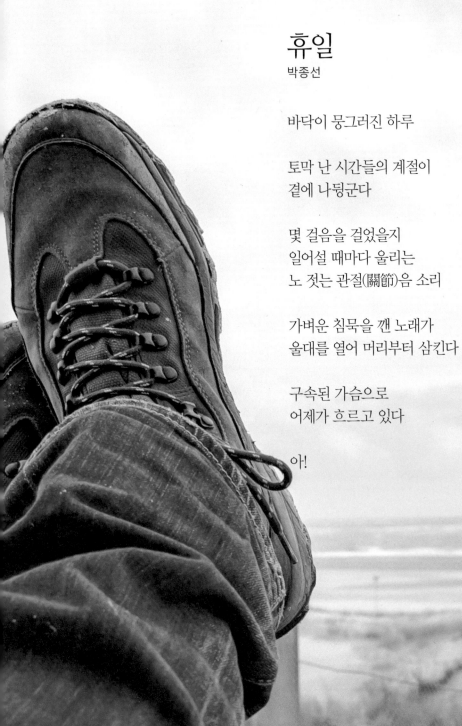

휴일
박종선

바닥이 뭉그러진 하루

토막 난 시간들의 계절이
곁에 나뒹군다

몇 걸음을 걸었을지
일어설 때마다 울리는
노 젓는 관절(關節)음 소리

가벼운 침묵을 깬 노래가
울대를 열어 머리부터 삼킨다

구속된 가슴으로
어제가 흐르고 있다

아!

주름
박종선

봄이면
씨앗을 심기 위해
논밭에 고랑을 파고
북을 두둑이 올려준다

울 엄니 얼굴에는
무엇을 심으려고
저토록 깊고 진한
고랑을 파 놓았을까

휘어진 손마디에
나락 같은 세월이
자글자글 피었다
가족을 먹이던 호미날

물대접 하나 못들어
행여 짐 될까 눈치 보는
저 마르고 갈라진 고랑에
다 큰 울음이
씨앗처럼 박혔다

간이역

박종선

흐르는 것은 덧없고

시간의 걸음이 지나는 곳
한번 쯤 거쳐야하는,
흔적처럼 남은 발자국
간이역 얼굴에는 숫자가 있다

멈추면 곧 잊히고 마는
기억은 흘러가는 구름이 되어
퇴색된 사진 속에서 살아있다
달릴수록 더듬게 되는 곳

오늘 멈춘 그곳에는
흰 국화 울음처럼 피어나고
아쉬운 기적소리 멀어지며
시간에 밀려가는 레일은 덧없다

속도도 벗어나지 못하는
긴 시간의 발자욱마다
울긋 불긋 차려놓은 숫자에는
덮개처럼 쌓여가는 미련만…

돌아오지 않는 계절은 아프고

늦가을 풍경은 허전 하고
가지 끝에 매달린 잎새는
서늘한 기억이 맺혀 있다
꼭 잡은 한 손에는 안타까움이

가을비가 지나간 날
젖은 바닥이 무겁고
축축한 어제가 못내 힘겨울 때
서리는 바람의 등을 타고 온다

정열을 지우고
힘차던 맥박이 잔잔해지면
거리는 온통 어수선한 독백들
깊은 외로움이 흐른다

하루가 물러지는 밤
구릿빛 나무 끝에
눈물 한줌 남았다

반짝이던 계절을 지우고

신명철 시인은 1965년에 출생하였고
충청북도 충주에 거주하고 있습니다.
문학을 전공하였고 시를 꾸준하게 창작하면서
인향문단을 통하여 작품을 발표하고 있습니다.
현재 개인시집을 출간 준비하고 있습니다.

입춘나절

신명철

바람은 길에서 여전하다
겨울 허기를 달래던
속빈 뿌리들은
잔 트림을 뱉어내고
꽃그늘이 그리워
풀어진 처마 끝
고드름 몇 개가
마른 생선처럼
열을 맞춘다
먼 산 그늘은
언 강 위에서 떨고
봄을 찾는 사람들
깊이
밀려오는 하품을
참아내고 있다

봄 안개

신명철

해가 지면서 안개는
길을 잃었다
예상했던 거였다
낮간지런 예보로
길 없이 산을 타다
흔적을 남기지 못했다

산의 것들의
수상한 움직임
비가 갠 이후에도
끝없이 돋아나는
의뭉의 색깔들
아는 것이 많아
대충 버린 한낮
세상을 덮는
무지는 계곡으로 숨는다

바람은 길을 찾고
안개는 흔적을 찾고

봄인 것을

신명철

해마다 돌아오는
꽃길을 따라
마음 바쁜
봄 길이 비를
몰아 세운다
바람 길에서 약속은
시간에 기대
흔적 없이 꽃을 피우고
부끄러워 밤으로만 달리더니
바랜 것은 금방이다

봄인 것을
누굴 탓하랴

비가 내리다

신명철

바다를
건너는 파도
물속마다
줄줄이 묻어난 사연들은
깊이 내리고
비를 따라 다시 오른다

젖은 섬들과
흥건한 파도는
물결을
돌아보는 일이 없다

다만, 흔적없는 상처를
곳곳에 남겨
흥건한 이별을 예견한다

장마

신명철

사랑이 의심스러워
바람을 등져보니
보이지 않는 상처
울음 같은 질문들만
이어지고 있었다
지친 반복들이
무더기로 예보 된다
비가 내리는 날에는
기억을 털고
비만 바라볼 것
그리고 마음을 떠나보낼 것
다 전하지 못한 말들을
안개 속에 두고
보이는 빗줄기만 세다가

우두커니 젖은 몸짓들은
아는 길로 만 보낼 것

안종주

65년 고창산
 85년 전주고 졸업
12년 뇌병변 좌측 편마비 4급 장애
양평에서 광의재 집을 짓고
재활 운동중 문학에 관심을 가짐

광의재에서 보는 야경

안종주

전등불 늘어날 때
녹색 한 움큼 없어지고
날파리는 많아진다

새소리 작아지고
군청직원 좋아한다

생각 괴일 때는 풀어야 한다
헤일 수 없는 불빛따라
고민도 늘어나지만
나는 팔 생각이 없다

밀려온 거야
찾아온 거야
행복하게 살아보자

풍경
안종주

바람이 분다
밤사이 풍경소리 그윽하고
바람이 잠들지 못한다
목어는 깨어있고
난 꿀잠을 잔다
시간이 바람처럼 지나간다
때로는 잔잔한 물결처럼 흐른다
잦지는 않으나
풍경소리로 바람의 세기를 가늠한다
머리속은 갑자기 분주해졌다
적요속의 풍경소리는
나를 잠들게 하고 나를 깨친다
바람때문에 너와 가까워졌고
겨울은 이제 멀어진다

눈 내리는 광탄리

안종주

비와 눈은 사촌간이다
그리움을 얹으면 눈이 되고
서러움을 더하면 비가 된다
사랑은 가까운 듯 멀고
이별은 순간인듯 아득하다
삶은 사랑과 이별의 연속이다
날마다 나는 속울음이다
올해 마지막 눈이 온다

십자수

안종주

한땀 한땀
그림이
되었구나
삼광풍월이
따사롭구나
원앙이 되고
까치가 되어
꽃이 되었구나
낙화유수
내॥를 이루어
원앙 뛰노니
선경이 예인가 싶더라

북풍한설

안종주

동지 섯달 긴긴 밤에
오롯이 추위를 맨 몸으로 지새우는 길냥이들
커튼 사이로 내가 보이면 꼬리를 흔드다
소쩍새 떠난 헐렁한 나무들
매화꽃은
언제나 필려나
기약이나 알아주소

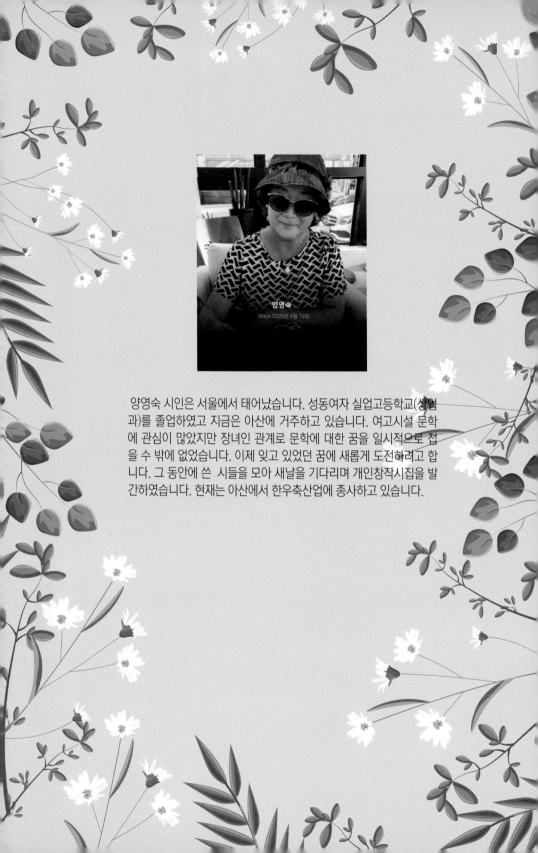

양영숙
Since 2020년 9월 10일

　양영숙 시인은 서울에서 태어났습니다. 성동여자 실업고등학교(상업과)를 졸업하였고 지금은 아산에 거주하고 있습니다. 여고시설 문학에 관심이 많았지만 장녀인 관계로 문학에 대한 꿈을 일시적으로 접을 수 밖에 없었습니다. 이제 잊고 있었던 꿈에 새롭게 도전하려고 합니다. 그 동안에 쓴 시들을 모아 새날을 기다리며 개인창작시집을 발간하였습니다. 현재는 아산에서 한우축산업에 종사하고 있습니다.

국화꽃 향기

양영숙

노오란 국화꽃
향기가 스치고
지나갈 때마다

여인의 향기인지
청춘의 향기인지
그 향기에 취해본다

아침 이슬방울 맺힌
너의 모습은

갓 깨어난 노랑 병아리
보다 더 예쁘고 아름다워
산들바람 불어오니

온천지에 너의 존재를
향기로운 냄새로
유혹 하는구나

벤치
양영숙

텅빈 너를 보니
쉬어가고 싶어

살짝쿵 앉아서
먼 산을 본다

혼자만 있는 것이
문제였다

괜시리 쓸쓸해진다
그대와 나

언제 나란히
밴치에 앉아서
쉬어 보았나

먼 옛날의 추억

설레임

양영숙

파란 하늘의 흰구름
둥실 떠가는 너의 모습이 나는 좋아

물감보다 더 파란 그 위에
한조각 구름이 너무 좋아

날개 달고 날아가서
안아주고 싶어라

새파랗게 삐죽이 얼굴 내민
마늘밭에 새순이 너무 좋아라

물기 머금고 이슬 맺은
풀잎 너를 보니 싱그러워라

풀섶에 앉아서 개굴개굴 울고있던
개구리 너를 보니 반가워 미소를 지어보네

살갗을 스치고 지나가는 봄바람에
내마음도 설렌다

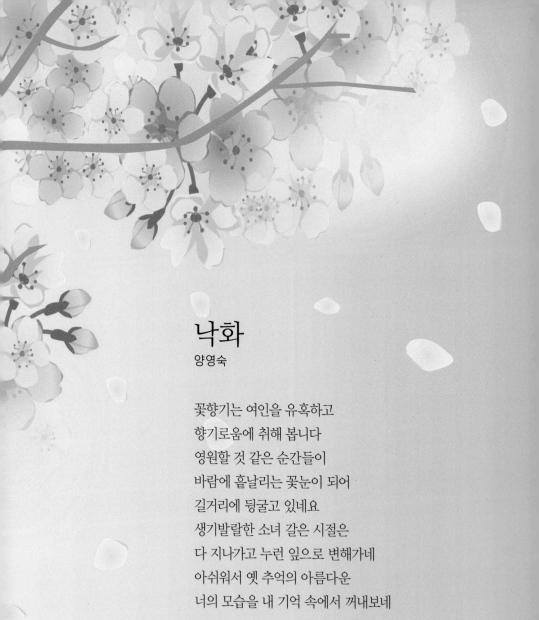

낙화

양영숙

꽃향기는 여인을 유혹하고
향기로움에 취해 봅니다
영원할 것 같은 순간들이
바람에 흩날리는 꽃눈이 되어
길거리에 뒹굴고 있네요
생기발랄한 소녀 같은 시절은
다 지나가고 누런 잎으로 변해가네
아쉬워서 옛 추억의 아름다운
너의 모습을 내 기억 속에서 꺼내보네

나도꽃이라네

아민 양영숙

꽃봉오리 처럼 어여쁜 시절에
꿈많은 수줍은 소녀였지
곱게 피어난 한송이 백합처럼
향기로운 꽃송이가 피었네
그향기에 취해서 꽃병에
두고본 세월을 지나서
강하고 억척스런 또는이가
되었답니다
그래도 당신에게는 꽃이고 싶어
맛있는 음식으로 아양을 피우지요
어때요 맛있나요 괜찮아요?
웃음꽃이 피어난다 호호호

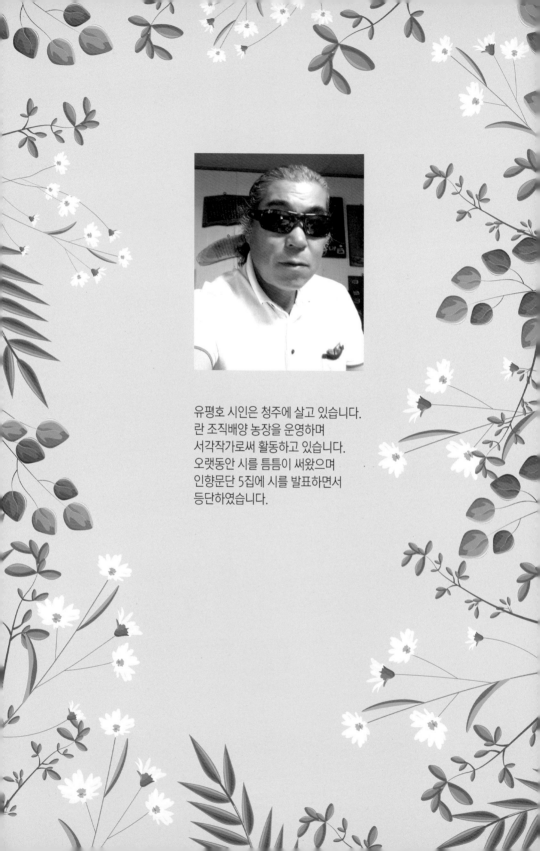

유평호 시인은 청주에 살고 있습니다.
란 조직배양 농장을 운영하며
서각작가로써 활동하고 있습니다.
오랫동안 시를 틈틈이 써왔으며
인향문단 5집에 시를 발표하면서
등단하였습니다.

만취

유평호

밤하늘에
수를 놓는다
하나 둘 셋
그리움을

반짝이는
별들을 따서
술잔위에 띄워놓고
바라본다

님들의
향기에 취해서

귀로 ^{歸路}

유평호

그때의 향기
가슴에 안고
나
그대 곁으로
돌아가리라

동행

유평호

바라만 봐도
좋은 당신
내곁에 있어
참 좋다

가을밤

유평호

바람이
고목나무에 애무하듯
휘돌고 스쳐 지나간다
부끄러움에 쐐액쐐액
아리아를 부르며
가을을 노래한다
구름도 농익어 버거운듯
이슬비 보실보실 흩뿌리고
잠 못 이루는 이 밤
창문을 열어젖히고
밤하늘의 별들을 헤아린다
반짝이는 별 하나 따서
내 마음에 담는다

기다림

유평호

온다는 말도
간다는 기약도 없이
왔다가 가버린
하루

바라만 보다가
노을속에 누워
동침을 한다

내일을 기다리며

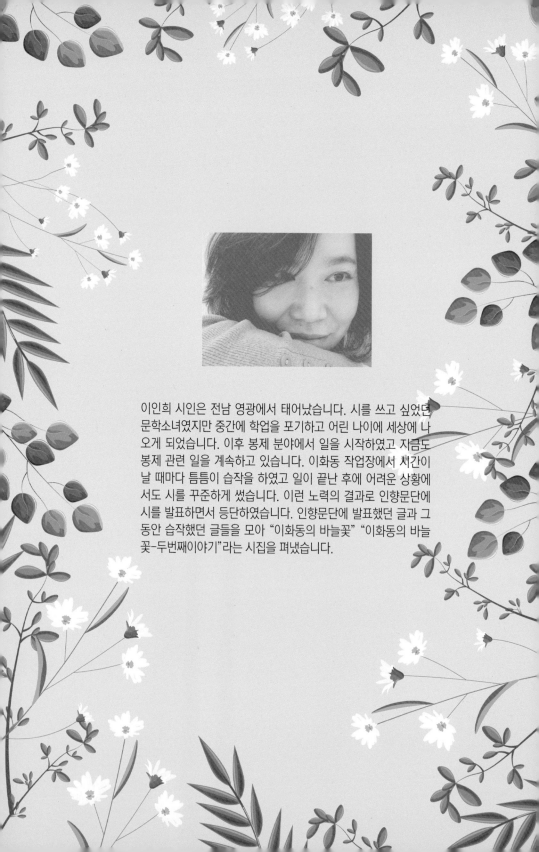

이인희 시인은 전남 영광에서 태어났습니다. 시를 쓰고 싶었던 문학소녀였지만 중간에 학업을 포기하고 어린 나이에 세상에 나오게 되었습니다. 이후 봉제 분야에서 일을 시작하였고 지금도 봉제 관련 일을 계속하고 있습니다. 이화동 작업장에서 시간이 날 때마다 틈틈이 습작을 하였고 일이 끝난 후에 어려운 상황에서도 시를 꾸준하게 썼습니다. 이런 노력의 결과로 인향문단에 시를 발표하면서 등단하였습니다. 인향문단에 발표했던 글과 그동안 습작했던 글들을 모아 "이화동의 바늘꽃" "이화동의 바늘꽃-두번째이야기"라는 시집을 펴냈습니다.

구름

이인희

봄볕이 작은방 창문에 앉아
나를 유혹한다

더 누워 있을까
그러다 잠깐 잠이 든 것 같아

파란 하늘에 떠있는 구름이
꿈속까지 찾아 나를 깨운다

눈을 뜨고
몇년 전에 작은 아이가
생일 선물로 사준 신발을 신고

꿈속에 본
파란 하늘에 떠있는
구름을 만나려 간다

내가 나를 안는다

이인희

이러다 괜찮을 거야
아이가 장난감을 잊어버려
서럽게 울다가

그 장난감도
내가 울던 모습도
세월속에 묻혀
희미하게 보이겠지만

그 기억은
내가 영원히 갖는 거야
그래서 그 기억도 내게는
시가 되어 다시
그 기억을 내가 안고 웃는 거야

서리꽃

이인희

얼마나
바람이 차가웠으면
따라가지 못하고
창에 기대어
서리꽃이 되었을까

꿈

이인희

꿈을 꾸는 시간에는
꿈 밖에서는 잠들어 있고
꿈 안에서는 꿈을 꾼다
꿈속은 늘 편하다

깨어나면 현실인 것을…

이화동에 봄이 왔어요

이인희

이화동 골목길

그렇게도 쓸쓸하더니
꽃신 신고
봄이 왔어요

이종호

卑山 이종호 시인은 1968년에 출생하였고 하늘내
린 인제에 거주하고 있습니다. 시를 꾸준하게 창작
하며 인향문단을 통하여 작품을 발표하고 있습니다.

그리움 비가 되어

이종호

비가 아니더라도
날마다 젖는 가슴
짙게 덮은 먹구름은
결국
울음을 터뜨렸다
강물이 불어나면
다른 물길을 내고
흐르면 그만이다지만
넘치는 그리움은
어이하리요
구름 사이로 드러낸
파란 하늘에서도
비가 내린다
불어난 뱃살
숨기려 해도
비집고 나오듯
태연스레 하려 애써도
먹먹한 가슴은
하루 종일
그리움에 젖어있다

詩샘

이종호

나의 가슴 깊숙한 곳엔
심장에서 뿜어내는 피처럼
멈추지 않는
샘터가 하나 있어요
결코
마르지 않는 샘터
날마다 다채로운 단어를
쏟아내고 쏟아내도
그 샘은 마르지 않지요
눈부시고
호화롭고
찬란한 단어가 샘솟는 샘터를
누가 시샘이라도 할까봐
날마다 예쁘게 정화합니다

부부

이종호

알아도 모르는 척
몰라도 모르는 척
알면서 속아주는 사이
가끔 물 베기도 하고
살아가다보면
참기름 짜는 횟수가
적어지기도 하는 사이
웬수야 화상아 하면서
말투에 칼날이 서다가도
금방 무뎌지는 사이
무관심한 듯하면서도
안보이면 걱정되는
알다가도 모를
참 웃기는 사이
참 아이러니 한 사이
한번 맺은 인연
몇 번의 고비를 맞아도
평생 동행하는 사이

매일

이종호

매일 뜨고
지는 해인데
무얼 그리
환호하고
열광하는가
매일
오늘이
처음인 것처럼
오늘이
마지막인 것처럼
소중히 여기고
최선을 다해
살 일이다

단풍

이종호

바라만 봐도
가슴 뛰는 설렘이었다
너무 황홀해
얼굴이 후끈 달아오르고
다음을 기약한
이별인데도
아쉬움에 뚝뚝
눈물 떨구었지
기억을 물들인
필례의 바알간 가을

전경자

대한문학세계 등단 현재 경기지회 총무국장
인향문단 시부문 작품상 편견 외 당선
인향문단 동인지 참여
한국문학예술진흥원 한국낭송 지도자협회 문학상
코로나19극복 최우수상 수상
고려대학교 평생교육원 자연생태환경전문가 과정
고려대 평생교육원 수필창작 과정 재학중

고독한 인생

전경자

바쁜 세간살이
변해가는 건 나뿐인가
그 가치와 가치를 어디에 둘까

아름다운 거래는
머나먼 미래에 남겨둘 유산

고독한 삶의 완성을
똑딱거리는
시간이 말해줄까

오늘은 쉬지 않고
그대와 나의 가슴에
불을 지펴 놓고 있네

희망가를 부르는
오늘

두물머리

전경자

칠흑같이 어두운 밤
두물머리엔
별빛이 듬성듬성 깜빡이는데

졸린 눈을 비비는 달빛
반짝이는
빌딩 숲 가가호호

별빛 같은 눈동자 호롱불 켜고
서로의 안부를 묻는
사연도 가지가지

이 밤이 지나고 나면
잊으려나
지워지려나

그 사람

전경자

시간을 달려서
한참을 서성이다
눈물이 된 사람

꿈같았던
단 하나뿐인 사랑

가시투성이 정원에
아픈 기억도
서로 다른 너와 나

홀로 핀 하얀 민들레
꽃잎 위
날개를 접는다

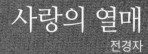

사랑의 열매

전경자

화려한 장미꽃 밑에도
그늘은 있다

보잘 것 없는 들풀도
그늘을 만들어 내는 데
거리마다 화려한 불빛에
가려진 희망과 함께

여유롭지 않은 오늘은
어느 겨울을 향하고
가을이 뿜어내는 향수를
순백의 겨울이 삼키겠지

사랑이란

전경자

사랑 한 스푼에
위로 받을 준비물이
사랑이란 걸 알잖아

순수한 영혼으로
나를 기억해줘

당신의 비밀 프로그램 속에
사랑이란 걸 알지만

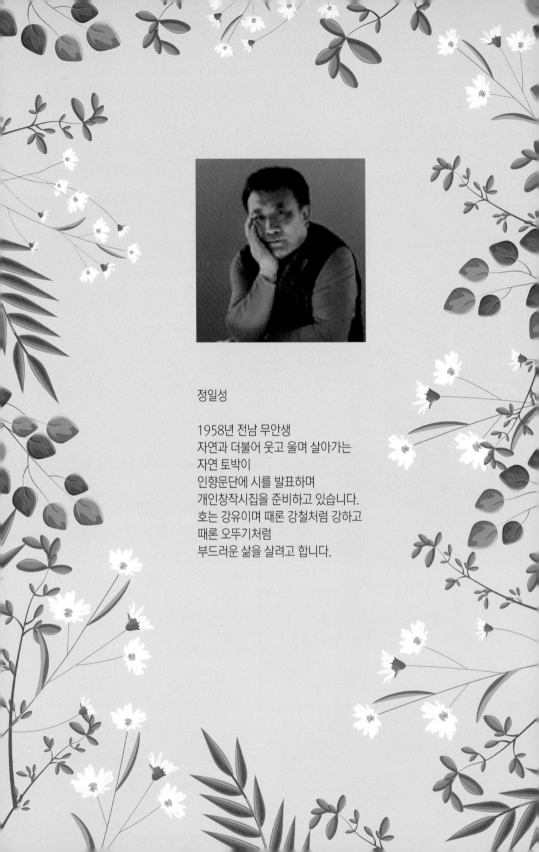

정일성

1958년 전남 무안생
자연과 더불어 웃고 울며 살아가는
자연 토박이
인향문단에 시를 발표하며
개인창작시집을 준비하고 있습니다.
호는 강유이며 때론 강철처럼 강하고
때론 오뚜기처럼
부드러운 삶을 살려고 합니다.

행복

강유 정일성

봄 여인네가 때린다
눈도
마음도
몸도
황홀하게 때린다

화사함으로 다가온 봄 여인네
겨우네
어떻게 기다리다가
못내 사내 마음을
인정 사정없이 훑고 갈까

얄밉다 못해 질투 꾸러미 한아름
내 팽겨진 난
허허 웃음으로 화답하네

봄화신
꽃봉우리 여인

진정한 순례길

강유 정일성

삶의 길
진정한 순례길을 떠난 나

목적지가 가까워지고
목적지을 앞두고
찾아오는 허무함

자꾸만 돌아본다
걸고 뛰고 달려온 시간들
내 자신을 사랑하는 시간들
내 자신을 믿다고 했던
철없던 시간들

진정한 인생 순례자의
마음으로 살고싶다

뜀박질이 아닌
천천히 걸어야 보이는
내 순례길

봄바람

강유 정일성

살랑살랑
봄 바람이
내 마음에 자리한다

이뻐도
미워도 함께하는
봄바람
내 작은 가슴 빼앗겼다

그래도 좋다고
바보같이 담금질 하네

바보 바보라고 놀리면서
봄바람 분다

외롭다
강유 정일성

깜깜한 밤만 되면
어김없이 환하게 밝혀주는 가로등

누가 무어라 하지 않아도 홀로 서서
지나가는 사람의 길잡이가
되어준 가로등

친구가 되어줄까
마음만 바쁘다

묵묵하게 날이면 날마다
누굴 기다리며 오늘도 밝은 세상을 준다

비가 와도 눈이 와도
바람이 불어도 끄덕없이 버티고 서있는
외로운 가로등이 고맙다

혼자
강유 정일성

이 세상 혼자 왔다가
혼자 가는 길

잠시 잠깐 쉬어가는
시간들

힘들다고 투정 말라
세월 간다고 투정 부리지 마라

돌아온 길
돌아갈 길은 힘들고 거칠어도
혼자가 아니던가

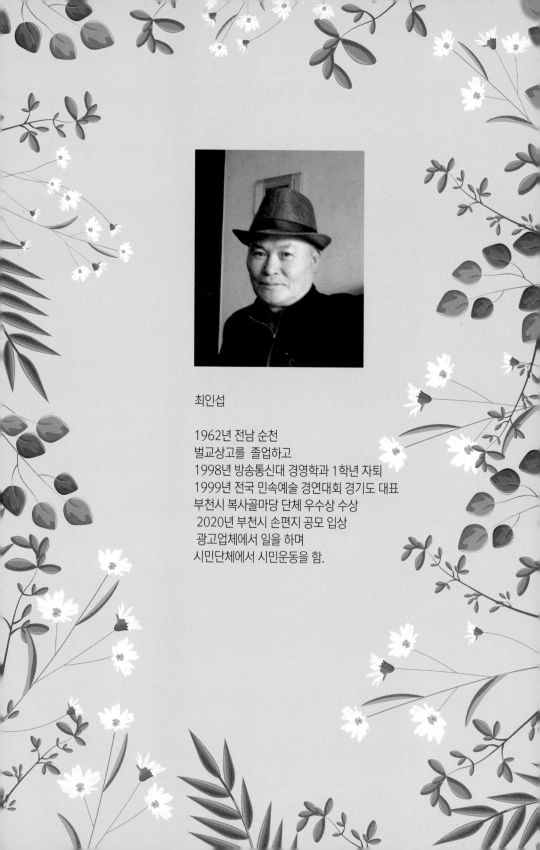

최인섭

1962년 전남 순천
벌교상고를 졸업하고
1998년 방송통신대 경영학과 1학년 자퇴
1999년 전국 민속예술 경연대회 경기도 대표
부천시 복사골마당 단체 우수상 수상
2020년 부천시 손편지 공모 입상
광고업체에서 일을 하며
시민단체에서 시민운동을 함.

강추위

최인섭

북풍의 칼바람
귓볼을 벤다

콧끝은 바늘로 찌르듯 눈물이 핑돌고
발끝과 손끝이 끊어져 나갈듯

마음도 추위에
꽁꽁꽁

찜통더위

최인섭

찜통더위에 탄 몸으로
퇴근하고 집에 오니

가마솥같은 찜통방이
이내 몸을 달궈오네!

나도 몰래 훌러더엉
벗어던지고 욕조로

샤워기를 폭포삼아
달궈진 몸 식혀주고

막걸리 한사발로
불목구멍 식혀주었네

들장미

최인섭

가냘픈 바람에 흔들려도
세찬 비바람
이겨내는 너

누가 너를
뜰안에 꽃들처럼 돌보지 않아도
묵묵히 살아가는 너

항상 상큼한 향기를 내뿜는
너의 곁을 스칠 때
취해버린 나

싫지않는 모습이 너무 좋아서
살며시 바라보면 환한 네 모습

너를 항상
내곁에 간직하고파
애타게 바라본다

무제

최인섭

생각하다
펜을 들다
글을 쓰기 시작했다

글을 쓰는 중이다

글을 다 썼다
펜을 놓는다
생각이 없다

눈물이 날땐 그냥 우세요
최인섭

님이여! 눈물이 날땐 그냥 우세요

그리운 마음일랑
가슴에 담고
속시원히 그냥 우세요

님의 흐르는 눈물
내 하얀 손수건으로
닦아 드리오리다

눈물이 날 땐 마음놓고
그냥 우세요

최인호(본명 : 최인균)시인은 경기도 평택 출생(52년생)입니다. 대학에서 법학, 일본어를 전공하고 변호사사무장으로 근무하다가 퇴직하였습니다. 현재 고향 평택에서 주상복합아파트 관리소장으로 근무하고 있습니다. 학창시절 동경해오던 시작생활을 꾸준하게 해오다가 인향문단 회원으로 작품활동을 하였습니다. 인향문단에 시를 발표하며 등단하였고 "내 인생의 그날" 시집을 출판하였으며 두 번째 시집을 준비하고 있습니다.

아빠의 작업복

우리 아빠의 작업복은
기름 때 범벅이다

하지만, 나는
이 작업복이 고맙다

아빠의 손때와 기름 때 묻은
작업복이 우리 가족의 생명줄이다

오늘도 때 묻은 작업복으로
직장으로 향하시는 아빠가
나는 자랑스럽다

홧팅

기다림의 미학

최인호

어릴 때의 꿈인
가난에서 벗어나고자 숱한
날들을 기다리고
고통스런 어둠의 터널에서
나오기를 기다려 왔지만
캄캄한 밤에
새벽이 오기를 기다리는
그 기다림은 얼마나 아름다운가?
사랑하는 사람과의 이별은
다시 만날 기약속에
기다림의 미학이 있다

봄여인의 마음

최인호

봄여인의 마음은
개여울에 살랑살랑 불어대는
봄바람의 마음이다

금방 까르르 웃던 꽃마음이
까칠한 마음으로 변해
냉기가 돈다

냉기 도는 봄여인의 마음도
봄꽃마냥 이쁘다

역시,
봄은 내 곁으로 왔다

인절미 引切味

최인호

찹쌀로 고두밥을 해서
절구에 찧어

알맞게 늘여 잘라
팥고물에 묻힌 인절미는
어릴 적 추억이 아니라도
목구멍에 침이 올라온다

하나만 더 먹어 보았으면

몰래 훔쳐먹다
어머니한테 꿀밤 맞은
생각이 난다

글거울

최인호

나의 글은 나의 분신으로
나의 삶이며 나의 노래이며
내 생활의 전부이다

글속을 보면 내가 보인다
글속에 내가 숨쉬고
글속에서 내가 보고 있다

나를 만나 보고 싶으면
내 글속을 여행해 보세요
기다리고 있을께요

어서 열어 주세요

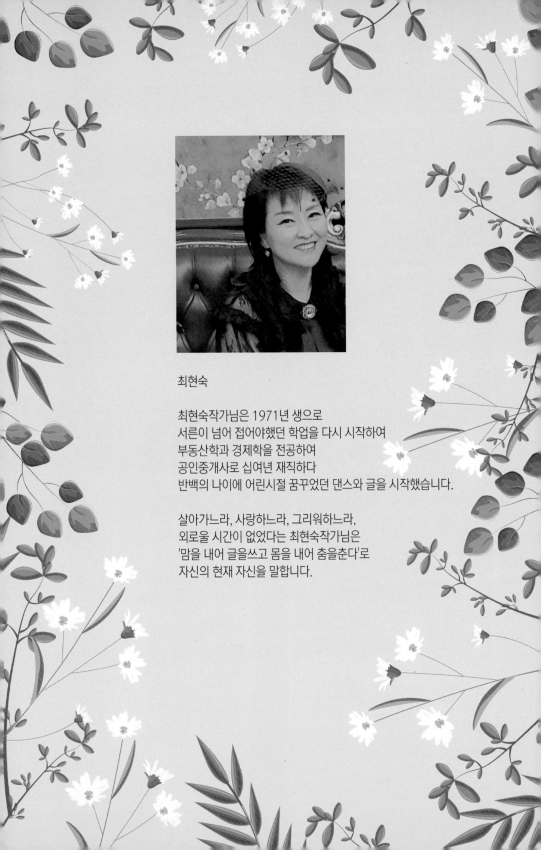

최현숙

최현숙작가님은 1971년 생으로
서른이 넘어 접어야했던 학업을 다시 시작하여
부동산학과 경제학을 전공하여
공인중개사로 십여년 재직하다
반백의 나이에 어린시절 꿈꾸었던 댄스와 글을 시작했습니다.

살아가느라, 사랑하느라, 그리워하느라,
외로울 시간이 없었다는 최현숙작가님은
'맘을 내어 글을쓰고 몸을 내어 춤을춘다'로
자신의 현재 자신을 말합니다.

봄비

최현숙

빗소리에
봄이 실려온다

흙빛 가득한 들판에
곱디 고운 불이 켜진다

꽃으로 피어져
추억을 맺는다

새 봄
지난 그리움을
앓고 있다

파도

최현숙

어디서 오신
님이신지
언제 사라지실
님이신지

순간 밀려와
거품되어 사라지는
그대는 외로움이어라

사라질 듯 다가와
모든 것을 휘감아 삼켜버리는
그대는 그리움이어라

비… 아닐 비

최현숙

회색 하늘아래
춤추는 슬픔

너를… 지난 날을…
그 아름다움을 외면하는
비가 내린다

짙어지는 어둠 속으로
미쳐 날뛰는 슬픈 조각들
웃음기 걷힌 얼굴로
세상을 피하는 밝은 날의 미소

새날의 빛으로 어르고 달래어
아프지 않기만을 바라고 있다

슬픔이 그치기를
바라고 있다

홍단풍
최현숙

파란 하늘
닿고 픈
빨간 손

바람이
땅으로 모셔와
흰 눈 덮고
잠들라 합니다

기다림
최현숙

똑똑똑
두드려봅니다

따스함에 녹아진 대지를
여린 새순가락으로
밀어봅니다

잠시 쉬었다
다시 두드려 봅니다

포근한 햇살님
촉촉한 봄비님
열어주시는 날

수줍게
인사 드리겠습니다

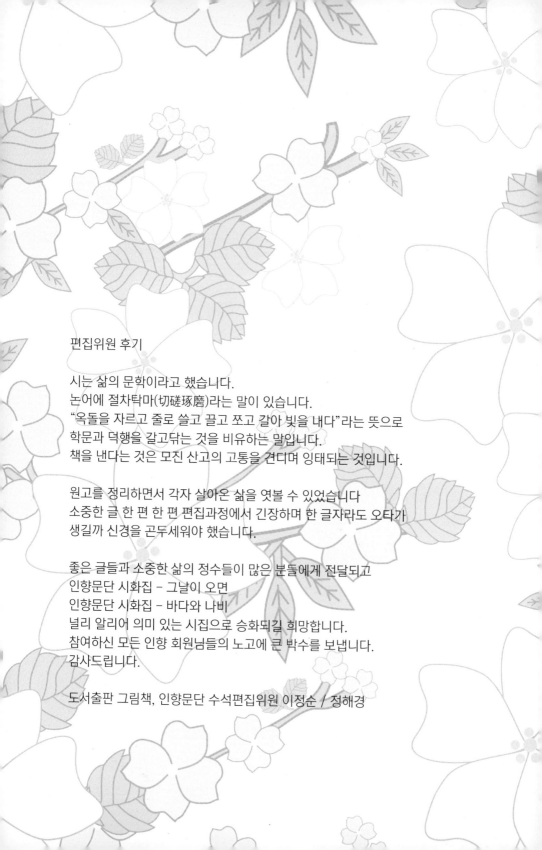

편집위원 후기

시는 삶의 문학이라고 했습니다.
논어에 절차탁마(切磋琢磨)라는 말이 있습니다.
"옥돌을 자르고 줄로 쓸고 끌고 쪼고 갈아 빛을 내다"라는 뜻으로
학문과 덕행을 갈고닦는 것을 비유하는 말입니다.
책을 낸다는 것은 모진 산고의 고통을 견디며 잉태되는 것입니다.

원고를 정리하면서 각자 살아온 삶을 엿볼 수 있었습니다
소중한 글 한 편 한 편 편집과정에서 긴장하며 한 글자라도 오타가
생길까 신경을 곤두세워야 했습니다.

좋은 글들과 소중한 삶의 정수들이 많은 분들에게 전달되고
인향문단 시화집 - 그날이 오면
인향문단 시화집 - 바다와 나비
널리 알리어 의미 있는 시집으로 승화되길 희망합니다.
참여하신 모든 인향 회원님들의 노고에 큰 박수를 보냅니다.
감사드립니다.

도서출판 그림책, 인향문단 수석편집위원 이정순 / 정해경

숲속의 아침
유영철 | 12,000원

바람의 여행
이서연 | 10,000원

풍경 속에 내가 있다
김점예 | 10,000원

나의 세상
박효신 | 12,000원

아직도 남은 이야기
이정관 | 12,000원

누군가 그 길을 가고 있다
박완규 | 10,000원

산다는 것은
박귀옥 | 12,000원

키 작은 소나무길
김미숙 | 10,000원

나는 가끔은 네 생각 하는데
조덕화 | 10,000원

내 노래에 날개가 있다면
김은영 | 10,000원

내 눈에 네가 들어와
박효신 | 12,000원

이화동의 바늘꽃 1
이인희 | 13,000원

내 인생의 그날
최인호 | 12,000원

이화동의 바늘꽃 2
이인희 | 13,000원

금비나무 레코드가게
김해든 | 12,000원

새날을 기다리며
양영숙 | 12,000원

술 취하면 그대 떠올라
김현안 | 12,000원

인향문단 원고 모집

인향문단에서 다양한 분야의 작품을 모집합니다. 인향문단은 전문작가는 물론 생활 속에서 자신이 체험한 글을 진솔하게 쓰는 이름이 알려지지 않은 작가분들의 글들도 환영합니다.

모집분야 : 시, 소설, 수필 등 제한없음.
채택된 원고는 인향문단에 수록, 인향문단의 전문작가로서 대우를 해드립니다.
분량 : 시는 5편 이상, 소설은 단편 1편 이상, 수필은 2편 이상 그리고 다른 분야는 글의 성격에 따라 적당한 분량으로 보내주시면 됩니다.

투고방법 :
이메일 및 인향문단 밴드를 통하여 원고 투고 가능합니다.
email : khbang21@naver.com
인향문단 밴드 : https://band.us/band/52578241
우편접수 : 경기도 광주시 남한산성면 검복리 126-1

연락처 : 인향문단 편집장 방훈 010 2676 9912

출판 관련 문의에서 출간까지
도서출판 그림책에서
동행 하겠습니다!!

이메일 khbang21@naver.com
전화번호 010 2676 9912 / 070 4105 8439